AF370115

CATALOGUE
DES LIVRES
DE BEAUX-ARTS

PEINTURE, GRAVURE, ARCHITECTURE, ORNEMENTATION
MINIATURES PERSANES, MANUSCRIT CHINOIS

COMPOSANT LA

BIBLIOTHÈQUE DE FEU M. SECHAN
Peintre-Décorateur

DONT LA VENTE AUX ENCHÈRES AURA LIEU

Le Jeudi 4 Mars 1875
A 2 heures précises

HOTEL DES COMMISSAIRES-PRISEURS, RUE DROUOT
SALLE Nº 9

Par le ministère de Mᵉ CH. PILLET, commissaire-Priseur,
10, rue de la Grange-Batelière.

Exposition le 28 Février et jours suivants

---

35. Voyages Pittoresques de la France, par Taylor.
— 44. Voyage en Perse, 5 vol. in-fol. — 57. Dieterlin.
— 60. Du Cerceau. — 63. Blondel. — 67. Daniel
Marot. — 79-82. Gailhabaud. — 90. Les plus excellents
bâtiments de France. — 109. Berain. — 113. Le
Pautre. — 147. Les Arts somptuaires. — Littré. —
176 Revue des Deux-Mondes. — 179-180. Peintures
persanes. — Manuscrit chinois avec peintures.

PARIS
ADOLPHE LABITTE
LIBRAIRE DE LA BIBLIOTHÈQUE NATIONALE
4, Rue de Lille, 4

1875

PARIS. — TYPOGRAPHIE PILLET FILS AINÉ
5, rue des Grands-Augustins, 5.

CATALOGUE

DES LIVRES

DE BEAUX-ARTS

PEINTURE, GRAVURE, ARCHITECTURE, ORNEMENTATION

MINIATURES PERSANES, MANUSCRIT CHINOIS

COMPOSANT LA

BIBLIOTHÈQUE DE FEU M. SECHAN

Peintre-Décorateur

DONT LA VENTE AUX ENCHÈRES AURA LIEU

Le Jeudi 4 Mars 1875

A 2 *heures précises*

HOTEL DES COMMISSAIRES-PRISEURS, RUE DROUOT

SALLE Nº 9

Par le ministère de Mᵉ Cʜ. PILLET, commissaire-Priseur,
10, rue de la Grange-Batelière.

Exposition le 28 Février et jours suivants

<table>
<tr><td>35. Voyages Pittoresques de la France, par Taylor. — 44. Voyage en Perse, 5 vol. in-fol. — 57. Dieterlin. — 60. Du Cerceau. — 63. Blondel. — 67. Daniel Marot. — 79-82. Gailhabaud. — 90. Les plus excellents bâtiments de France. — 109. Berain. — 113. Le Pautre. — 147. Les Arts somptuaires. — Littré. — 176 Revue des Deux-Mondes. — 179-180. Peintures persanes. — Manuscrit chinois avec peintures.</td></tr>
</table>

PARIS

ADOLPHE LABITTE

LIBRAIRE DE LA BIBLIOTHÈQUE NATIONALE

4, Rue de Lille, 4

—

1875

CONDITIONS DE LA VENTE

La vente se fait au comptant.

Les réclamations devront être faites dans les vingt-quatre heures de l'adjudication. Passé ce délai, ou une fois sortis de la salle de vente, les livres ne seront repris pour aucune cause.

Le libraire chargé de la vente remplira les commissions des personnes qui ne pourraient y assister.

Paris. — Imprimerie de PILLET fils aîné, rue des Grands-Augustins, 5.

CATALOGUE

---

1 — Perspectiva corporum regularium, 1568, in-fol. vélin. Fig.

2 — Leçons de perspective positive, par Jacques Androuet du Cerceau. *Paris, Mamert Patisson*, 1576, pet. in-fol. cart.

> 60 planches gravées.

3 — La perspective, contenant tant la theorie que la practique et instruction fondamentale d'icelle avec un grand nombre de figures en taille douce, par Samuel Marolois. *Amsterdam, chez Ian Iansson*, 1629, pet. in-fol. vél. (80 planches contenant 275 figures.)

> Le commencement de l'ouvrage est mouillé ; le titre est remonté.

4 — Traité de perspective théorique et pratique, par M. l'abbé Deidier. *A Paris, chez Ch. Antoine Jombert*, 1744, in-4, v. ant. (15 planches et 103 figures)

5 — Traité de perspective à l'usage des artistes, par M. Edme-Sébastien Jeaurat, ingénieur-géographe du Roy. *Paris*, 1750, in-4, v. ant. (110 planches.)

6 — Application de la perspective linéaire aux arts du dessin, ouvrage posthume de J. T. Thibault, mis au jour par Chapuis, son élève. *Paris*, 1827, in-4, front. et 53 planches, d.-rel., dos et coins de maroq. rouge, fleurons, n. rog.

7 — Dictionnaire des monogrammes, marques figurées, lettres initiales, noms abrégés, etc., avec lesquels les peintres, dessinateurs, graveurs et sculpteurs ont désigné leurs noms, par Fr. Brulliot. *Munich*, 1832-34. 3 parties en 1 fort vol. in-4, cart.

9 — Les peintures de Charles Lebrun et d'Eustache Lesueur qui sont en l'hôtel Lambert, dessinées et gravées par Bernard Picart. *Paris, Duchange*, 1740, in-fol. d.-rel. 46 planches.

10 — Histoire des peintres des écoles française, hollandaise, allemande, espagnole, anglaise, italienne et flamande, par Ch. Blanc. *Paris, Renouard, s. d.* Environ 400 livraisons en 8 vol. in-4, dem.-cart. percal.

11 — Calcographie du Louvre. Environ 150 planches en 4 vol. in-fol., d.-rel.

Fête équestre de la place du Carrousel. — Grand escalier de Versailles. — Bassins, fontaines, etc., de Versailles. — Sculpture antique et moderne.

12 — Biblisches Kunst Werke; von Krause. *Augsburg*, 1705, in-fol. rel.

13 — Costumes orientaux. Figures de la Bible. 2 part. en 1 vol. in-8 oblong. (Figures remontées.)

Sans titre.

14 — Iconographie chrétienne. Histoire de Dieu, par M. Didron. *Paris, Impr. royale*, 1843, in-4, br., fig. dans le texte.

15 — Sujets de l'Iliade et l'Odyssée d'Homère, gravés d'après les dessins et compositions de John Flaxman, sculp. anglais. *Paris*, 1803, in-4 obl., d.-rel., v. bleu.

16 — Nuova raccolta rappresentante i costumi religiosi, civili e militari degli antichi Egiziani, Etruschi, Greci, e Romani. *In Roma*, in-4 obl. 49 planches.

17 — Signa et statuæ. 1638, in-fol., fig. v., figures.

18 — Reiter-Kunst. *Franckfurt am Meyn*, 1584, in-fol. vélin, figures.

19 — Thurnier-Buch. 1532, in-fol., d.-rel., nombreuses figures.

20 — Thurnier-Buch. *Frankfurt am Mein*, 1579, in-fol. vélin, nombreuses planches.
>   Quelques raccommodages.

21 — Descriptio publicæ gratulationis spectaculorum in adventu S. Pr. Ernesti archiducis Austriæ. *Antuerpiæ*, 1595, in-fol. v., fig.

22 — L'entrée triomphante de leurs maiestez Louis XIV, roy de France et de Navarre, et Marie-Thérèse d'Austriche son espouse, dans la ville de Paris, au retour de la paix generale et de leur huereux mariage. *A Paris, l'an* 1662, in-fol. v. ant., dent. à comp.

23 — Les plaisirs de l'Isle enchantée ou les festes et divertissements du roy à Versailles, diuisez en trois jour-

nées et commencez le 7me jour de may de l'année 1664, titre front. et 18 planches gravées, in-fol., d.-rel. bas.

Figures.

24 — Relation de la feste de Versailles du 18 juillet 1668. *A Paris, de l'Impr. royale*, 1669, in-fol. bas. (5 planches.)

Les planches sont raccommodées et remontées; mouillures.

25 — Repræsentatio Belli ob successionem in regno Hispanico. *Augustæ Vindelicorum, s. d.*, in-fol. d.-rel.

56 planches, encadrements variés.

26 — Procession funèbre dans la ville d'Amsterdam. In-4 obl. (10 planches).

27 — Relation du service solennel fait dans l'église royale et nationale de Saint-Louis, à Rome, pour Mgr Louis, dauphin de France, le vendredi 18 septembre 1711. *A Rome*, 1713, in-fol. cart. 7 planches gravées.

28 — Festa teatrale reppresentata nel castello di Praga. *L'anno* 1723, in-4, 6 planches pliées.

29 — Ragguaglio della solemne comparsa fatta in Roma dall' illustrissimo conte de Castelmaine. *Roma*, in-fol., v. br.

Ce volume renferme une grande planche représentant une table servie en porcelaine de Saxe.

30 — Fêtes publiques données par la ville de Paris à l'occasion du mariage de Mgr le Dauphin, les 23 et 26 février 1745. Gr. in-fol. d.-rel. bas. Planches gravées.

31 — Componimenti poetici per lo ingresso solenne alla dignita di proccuratore di S. Marco per merito di Sua Eccellenza il signor Gian-Francesco Pisani. In-4, d.-rel., bas.

Pages encadrées d'ornements variés.

32 — Livre de diverses veues perspectives, paysages faits au
naturel, par Israel Siluestre. *A Paris, chez Van Brugge,*
1663, in-12 obl., v. ant. 128 pièces gravées.

Exemplaire grand de marges; quelques raccommodages.

33 — Topographia Galliæ auctore Mérian. *Franckfurt,*
1665, in-fol., v. br. *Figures.*

Ce volume comprend Paris et ses environs.

34 — Perelle. Vues de Paris et de ses environs. *Paris, chez
N. Langlois,* in-4 obl., v. br. 86 *planches.*

35 — TAYLOR. Voyages pittoresques dans l'ancienne
France. *Paris, Didot,* 1835, 9 vol. in-fol., d.-rel.

Picardie, 1 vol. — Languedoc, 3 vol. — Normandie, 2 vol. — Au-
vergne, 2 vol. — Franche-Comté, 1 vol.

36 — Basoli. Vues d'Italie, 54 feuilles in-fol.

37 — L'Italie illustrée en cxxxv figures en taille-douce,
dessinés et gravés par les plus fameux graveurs des
Pais-Bas, avec les explications en italien, en françois
et en latin. *A Leide, chez C. Naak,* 1757, in-fol.,
v. ant.

38 — Selectiores urbis Venetiarum prospectus quos olim
Michael Marieschi pictor invenit. *Venetiis,* 1741, in-
fol. veau. Figures.

39 — Augusta Vindelicorum, a Simone Grimmio. 3 parties in-4 obl., d.-rel. (Vues d'Augsbourg.)

40 — Beschreibung derer furstlicher Buligschert Hochzeit
... zu Dusseldorf, in-4°, d.-rel. *Figures.*

41 — Stamboul. Souvenirs d'Orient, par Preziosi. 1858,
30 gravures en couleurs, impr. par Lemercier, in-fol.
obl.

42 — Souvenir du Caire, par Preziosi. 1862, in-4 obl. (20 planches en couleurs, impr. par Lemercier).

43 — Voyage en Perse de MM. Eug. Flandrin, peintre, et Pascal Coste, architecte, pendant les années 1840 et 1841. Relation du voyage, par Eug. Flandrin. *Paris, Gide et J. Baudry*, 1851, 2 vol. in-8, d.-rel., chagr. vert.

44 — VOYAGE EN PERSE de MM. Eug. Flandrin, peintre, et Pascal Coste, architecte, publié sous les auspices du gouvernement et sous la direction d'une commission composée de MM. Burnouf, Lebas et Leclère. — Perse ancienne, 1 vol. de texte, 4 vol. de planches. — Perse moderne, 1 vol. avec planches. *Paris, Gide et Baudry, s. d.* Ens., 6 vol. gr. in-fol., d.-rel., chagr. vert.

45 — Les portraits des hommes illustres françois qui sont peints dans la galerie du palais cardinal de Richelieu, avec leurs principales actions, armes, deuises et eloges latins, desseignez et grauez par les sieurs Heince et Bignon. *Paris*, 1655, gr. in-fol., d.-rel., v. ant.
  Quelques portraits sont raccommodés.

46 — Le sacre de Louis XV, roy de France et de Navarre, dans l'église de Reims, le dimanche 25 octobre 1722, gr. in-fol. v. ant. *Figures*. (Aux armes royales.)

47 — Médailles du règne de Louis XV. *S. d.*, in-4, v. Figures.

48 — Pinacotheca Fuggerorum S. R. J. comitum ac baronum in Khierchperg et Weissenhorn. *Ulmae apud Ioan. Frid. Gaum*, 1754, in-fol., br.
  127 portraits numérotés et 12 sans numéros.

49 — Marine militaire, ou Recueil des différents vaisseaux qui servent à la guerre, suivis des manœuvres qui ont le plus de rapport au combat, ainsi qu'à l'ataque et la deffense des ports, par Ozanne l'aîné *Paris*, in-4, br., 50 planches gravées.

50 — Heath's Gallery of British engravings. In-8, demi-cart. percal., tr. jasp. (sans titre).

ARCHITECTURE

51 — Traitté de l'architecture suivant Vitruve, ou il est traitté des cinq ordres de colonnes, qui enseignent leurs differentes proportions desseignez par maistre Julien Mauclerc, ou il a esté adiousté les diuerses mesures et proportions de ces fameux architectes Scamozi, Paladio et Vignole, le tout representé en cinquante grandes planches en taille-douce et mis en lumière par Pierre Daret, graueur du roy. *Paris*, 1648, in-fol., v. ant.

52 — Le fabbriche e i disegni di Andrea Palladio raccolti ed illustrati da Ottavio Bertotti Scamozzi. *In Vicenza*, 1776, 2 vol. in-fol. d.-rel. bas., n. rog.

53 — Palladio. Le fabriche e i disegni, raccolti da Scamozzi. *In Vicenza*, 1796, 5 vol. in-4, cart.

54 — Cours d'architecture, qui comprend les ordres de Vignolle avec des commentaires, les figures et descriptions de ses plus beaux bâtiments et de ceux de Michel-Ange, avec une ample explication par ordre alphabé-

tique de tous les termes, par le sieur Ac. Daviler, architecte. *Paris, chez Jean Mariette,* 1720, 2 vol. in-4, v. ant., fil.

55 — Reigle des cinq ordres d'architecture, de M. Jaques Barozzio de Vignole. *A Paris, chez Ch. Ant. Jombert,* 1750, 2 parties en 1 vol., in-fol., d.-rel., v. ant.

Planches remontées.

56 — Cours d'architecture, qui comprend les ordres de Vignole, avec des commentaires, les figures et les descriptions de ses plus beaux bâtiments et de ceux de Michel-Ange, par le sieur C. O. d'Aviler. Nouvelle édition, par Pierre-Jean Mariette. *Paris, chez Charles-Antoine Jombert,* 1760, gros in-4, v. ant. (81 planches grav.)

57 — Dietterlin. Architecture. *Nurenberg,* 1598, in-fol. p. de tr. *Figures.*

Exemplaire fatigué ; feuillets doublés.

58 — Architectura. *Sadeler excudit.* 28 planches in-fol., cart.

59 — Reigle générale d'architecture, par J. Bullant. *Rouen,* 1647, in-fol., d.-rel. Fig. (Titre doublé.)

60 — Second livre d'architecture, par Iacques Androuet du Cerceau, contenant plusieurs et diuerses ordonances de cheminées, lucarnes, portes, fonteines, puis et pauillons pour enrichir tant le dedans que le dehors de tous edifices, auec les desseins de dix sépultures toutes differentes. *A Paris, de l'impr. d'André Wechel,* 1561, in-fol., v. ant.

Planches remontées et taches.

61 — Livre d'architecture de Iaques Adrouet du Cerceau,

contenant les plans et dessaings de cinquante basti-
timens tous différens. *A Paris, chez Iean Berjon*,
1611, pet. in-fol., v. gr. fil. 50 planches.

62 — Cours d'architecture, par M. François Blondel. *A Paris, chez l'auteur, et se vend à Amsterdam, chez Pierre
Mortier*, 1698, 5 parties en 2 vol. in-fol., planches gravées, d.-rel., bas. (piqûres de vers).

63 — Cours d'architecture, ou Traité de la décoration, distribution et construction des bâtiments, contenant les
leçons données en 1750 et les années suivantes, par
J. F. Blondel, architecte. *Paris, chez Desaint*, 1771,
6 vol. de texte et 6 vol. de planches en 5 tomes, en
tout 11 vol. in-8, d.-rel. bas., n. rog.

64 — Blondel. Œuvres mêlées d'architecture, gravées par
Mariette. In-fol., d.-rel.

    Réunion d'œuvres diverses, sans titre.

65 — Manière de bien bastir pour toutes sortes de personnes, par Pierre Le Muet, architecte du roi. *A Paris, chez Iean Du Puis*, 1663, in-fol., cart.

    Mouillures et raccommodages.

66 — Les Œuvres d'architecture d'Anthoine Le Pautre,
architecte du roy. *A Paris, chez Jombert, à l'Image
Nostre-Dame*, in-fol., v. ant. 59 planches gravées.

67 — Œuvres du sieur Daniel Marot, architecte de Guillaume III, roy d'Angleterre. 244 planches gravées, la
plupart remontées avec soin, en 1 vol. in-fol., mar.
brun.

    Bel exemplaire.

68 — Œuvres d'architecture de Jean Marot ou Recueil des
plans, profils et élévations de plusieurs palais, chas-

teaux, églises, sépultures, grotes et hostels, bâtis dans Paris et aux environs. *A Paris, chez Jombert*, 1764, in-4, v. ant.

69 — Architecture moderne ou l'Art de bien bâtir pour toutes sortes de personnes, contenant cinq parties. *Paris, chez Claude Jombert*, 1728, 2 vol. in-4, rel. (150 *planches*).

70 — Architectura moderna. *Tot Amstelredam*, 1631, in-fol. vél. (44 planches gravées). Mouillures.

71 — Les ouvrages d'architecture de Pierre Prost. *A Leide, chez Pierre Van der Aa*, s. d. gr. in-fol. cart. (planches gravées).

72 — Œuvres d'architecture contenant les dessins, tant en plans qu'en élévations, des principaux et des plus nouveaux bâtiments dans le dernier agrandissement de la ville d'Amsterdam et autres endroits de ces provinces, ordonnez par Philippe Vingboons. *A Leide, chez Pierre Van der Aa*, 1715, 2 part. en 1 vol. in-fol., cart. 74 planches.

73 — L'architecture des voûtes ou l'Art des traits et coupe des voûtes, par le R. P. François Derant, de la Compagnie de Jésus. *A Paris, chez André Cailleau*, 1743, in-fol., v. ant. 205 planches.
Piqûres de vers.

74 — L'ordre françois trouvé dans la nature, par M. Ribart de Chamoust, orné de planches gravées d'après les dessins de l'auteur. *Paris, chez Nyon*, 1783, in-fol., d.-rel. chagr. r. (Mouillures.)

75 — Les vrais principes de l'architecture ogivale ou

chrétienne, avec des remarques, remanié et développé d'après le texte anglais de A. W. Pugin, par T. H. King, et traduit en français par P. Lebrocquy. *Bruges*, 1850, in-4, d.-rel. chagr. mar., fig.

76 — Cahiers d'instructions relatives à l'architecture, la sculpture, les meubles, les armes, les ustensiles et la musique de l'antiquité et du moyen âge, avec gravures dans le texte. *Paris, Ch. Baudry*, 1846, gr. in-8, br.

77 — Architecture civile et domestique au moyen âge et à la renaissance, dessinée et décrite par Aymar Verdier et par le docteur F. Cattois. *Paris, Victor Didron*, 1855, 2 vol. in-4, planches, d.-rel. chagr. violet, n. rog.

78 — Dictionnaire raisonné de l'architecture française du xiᵉ au xviᵉ siècle, par M. Viollet-le-Duc. *Paris, Bance et Morel*, 1864-68. 10 vol. — Dictionnaire raisonné du mobilier français de l'époque carlovingienne à la renaissance (par le même). *Paris, Bance*, 1858. 1 vol. — Ens. 11 vol. in-8, d.-rel. mar. r., tête dor., n. rog.

79 — L'Architecture du vᵉ au xviiᵉ siècle et les arts qu en dépendent, par Jules Gailhabaud. *Paris, Gide*, 1858, 4 vol. in-4, d.-rel. mar. r., tr. dor. Figures et atlas gr. in-fol.

80 — L'art de bâtir des maisons de campagne, où l'on traite de leur distribution, de leur construction et de leur décoration par le sieur C. E. Briseux, architecte. *Paris, Prault*, 1743, 2 vol. in-4, v. ant., fig.

81 — Recueil et parallèle des édifices de tout genre, an-

ciens et modernes, remarquables par leur beauté, par
leur grandeur ou par leur singularité, et dessinés sur
une même échelle par J.-N.-L. Durand, architecte.
Paris, an IX, in-fol., v. ant. (86 planches gr.)

82 — Monuments anciens et modernes, collection formant
une histoire de l'architecture des différents peuples à
toutes les époques, publiée par M. Jules Gailhabaud.
Paris, Firmin Didot frères, 1846-50, 4 vol. in-4, cart.
Figures.

83 — Les antiquités inédites de l'Attique, contenant les
restes d'architecture d'Éleusis, de Rhamnus, de Su-
nium et de Thoricus, par la Société des Dilettanti, ouvrage traduit de l'anglais par J. Hittorff. *Paris, Firmin Didot,* 1832, in-fol., d.-rel., chagr. viol. (60
planches).

84 — Descrizione dei circhi, particolarmente di quello di
Caracalla, e dei giuochi in essi celebrati, opera postuma
del consigliere Gio. Ludovico Bianconi. *In Roma,*
1789, in-fol. br., 20 planches gravées.

85 — Raccolta di cinquanta principali vedute di anti-
chita, Luigi Rossini architetto. *In Roma,* 1818, in-4
obl., br.

86 — Specimens of Gothic architecture selected from va-
rious ancient edifices in England, by A. Pugin, archi-
tect. *London,* 1821, 2 vol. in-4, d.-rel., chagr. r.,
figures.

87 — Pugin et Mackensie. Modèles d'architecture go-
thique. *London,* 1837, 64 planches gr.

88 — Choix d'églises byzantines en Grèce, par A. Con-
chand. *Paris, Lenoir,* 1842, in-4, d.-rel., cart. perc.
37 planches noires et en couleur.

89 — Résidences de souverains; parallèle entre plusieurs résidences de souverains de France, d'Allemagne, de Suède, de Russie, d'Espagne et d'Italie, par C. Percier et P.-F.-L. Fontaine. *Paris*, 1833, in-4, d.-rel., mar. vert, n. rog.

90 — Le premier volume des plus excellents bastiments de France, par Iacques Androuet du Cerceau, architecte. *Paris*, 1576, in-fol., d.-rel., v. ant.

Mouillé. Quelques planches sont raccommodées.
Le Louvre, 9 pl. — Vincennes, 2 pl. — Chambord, 3 pl. — Château de Madrid, 9 pl. — Creil, 1 pl. — Coussy, 6 pl. — Montargis, 4 pl. — Saint-Germain, 4 pl. — La Muette, 2 pl. — Vallery, 5 pl. — Verneuil, 10 pl. — Ancy-le-Franc, 3 pl. — Gaillon, 7 pl. — Maune, 2 pl.

91 — Description de l'église royale des Invalides (par Felibien des Avaux, historiographe des bastiments du roy). *Paris (de l'impr. de Jacq. Quillau)*, 1706, in-fol., texte enc. de vig. gr., plans, mar. r., coins fleurdelisés, tr. dor. (*Aux armes du roi Louis XIV.*)

Mouillures; la reliure est fatiguée.

92 — Monumens érigés en France à la gloire de Louis XV, par M. Patte, architecte, ouvrage enrichi des places du roi, gravées en taille-douce. *Paris, chez Desaint et Saillant*, 1765, in-fol., mar. r., fil., tr. dor. (*Anc. rel.*). 57 *planches gravées.*

93 — Museum d'histoire naturelle, serres chaudes, galerie de minéralogie, etc., par Ch. Rohault fils. *Paris*, 1837, in-fol. cart.

94 — Manière de bastir pour touttes sortes de personnes, par Pierre Le Muet, architecte du roy. *Paris, chez Fr. Jollain*, 2 parties en 1 vol. in-fol., bas. 105 planches dont plusieurs sont raccommodées et remontées. Mouillures.

Châteaux de Pontin, de Tanlay, hôtel d'Avaux à Paris, etc.

95 — Monographie du palais de Fontainbleau, dessinée et
gravée par M. Rodolphe Pfnor, accompagnée d'un texte
historique et descriptif par M. Champollion-Figeac.
Paris, A. Morel, 1863, 2 vol. in-fol., d.-rel., mar. r.,
tête dor., n. rog.

96 — Histoire architecturale de la ville d'Orléans, par
M. de Buzonnière. *Paris, V. Didron*, 1849, 2 vol.
in-8, br.

97 — Parallèle de plans des plus belles salles de spectacle
d'Italie et de France, avec des détails de machines
théâtrales au nombre de 54 planches, mis au jour par
le sieur Dumont, professeur d'architecture. *Paris,*
s. q., in-fol., d.-rel., bas.

98 — Les plus beaux édifices de la ville de Gênes et de ses
environs, mesurés et dessinés par M. P. Gauthier,
architecte du gouvernement. *Paris*, 1845, 2 part. en
1 fort vol. in-fol., d.-rel., mar. bleu. Planches gr. au
trait.

99 — Palazzi di Roma disegnati da Pietro Ferrerio. *S. d.*,
gr. in-fol., cart.

100 — Palais, maisons et autres édifices modernes, dessinés à Rome, publiés à Paris par Ch. Percier et
P.-L. Fontaine en 1798. *Paris, P. Didot l'aîné*, in-
fol., pap. vél., cart. 100 planches gravées au trait.

101 — Pianta e spaccato del nuovo Teatro di Bologna,
fatta in occasione dell' apertura de esso, colla descrizione di detto teatro aggiuntovi la spiegazione dei vasi
teatrali di Vitruvio. (*In Bologna*, 1763), in-4, d.-rel.
bas. (6 planches gravées.)

102 — Le fabriche vedute di Venetia disegnate, poste in

prospettiva et intagliate da Luca Carlevariis. *In Venetia*, in-4 obl., demi-rel. bas., 100 planches gr.

103 — Le fabbriche e i monumenti cospicui di Venezia illustrati da L. Cicognara. *Venezia*, 1838, 2 vol. gr. in-fol., d.-rel. mar.

104 — Vues et façades principales de palais et hôtels dans la ville et aux faubourgs de Vienne, dessinées sur les lieux, par J. E. F. D. E. 2 vol. in-fol., v. ant.

105 — Residences memorables de l'incomparable Héros de notre siecle, ou representation exacte des édifices et jardins de S. A. S. Eugène François, duc de Savoye et de Piemont. *Augsbourg*, 1731, 3 parties en 1 vol. in-4 oblong, vel. (*Figures.*)

106 — Das Konigliche Hoftheater zu Dresden herausgegeben von Gottfried Semper. *Braunsweig*, 1849, in-fol. br. (12 planches gravées.)

107 — Representation au naturel des châteaux de Weissenstein au-dessus de Pommersfeld et de celui de Gevbach appartenants à la maison des comtes de Schonborn, avec les ecuries, le menageries et autres dependances, le premier representé en vingt et le second en sept differentes vues et plans dessinez sur les lieux par le Sr Salomon Kleiner. A *Augsbourg*, 1728, in-4 obl., demi-rel. bas.

108 — Monographie du château de Heidelberg, dessinée et gravée par Rodolphe Pfnor, accompagnée d'un texte historique et descriptif par Daniel Ramée. *Paris*, A. *Morel*, 1859, 2 parties en 1 vol. in-fol., d.-rel. maroq. rouge, tête dor., n. rog., 24 planches.

ORNEMENTATION

109 — Ornemens inventez par J. Berain. Et se vendent chez ledit auteur, aux galleries du Louvre, in-fol., v. ant. (114 planches.)

110 — Nouueaux desseins d'ornemens, de paneaux, lambris, carosse, etc. Inventez et gravez par A. Loire. *Paris, chez Langlois*, 12 planches. Paneaux d'ornements Inventés et gravés nouvellement par A. Loir. *A Paris, chez P. Mariette*. 15 planches in-4 oblong, d.-rel.

111 — Benedictus Battini, pictor Florentinus. *Hieronimus Cock excudebat*, in-4, d.-rel., 27 planc. — Compartimena, par Joannem Vreedmann. Gerardus Judæus excudebat. *Antuerpiæ*, 1555, 12 planches.

Recueil de sentences entourées d'encadrements style renaissance.

112 — Ornatus ecclesiasticus, a Jacobo Myllero. *Monachii*, 1591, in-4° vélin. Figures d'ornements d'église au xvie siècle.

113 — ŒUVRE DE LE PAUTRE. *Paris, Mariette, s. d.* 5 vol. in-fol., v. br.

Tome 1er.....................	140 planches.
— 2.....................	144 —
— 3.....................	129 —
— 4.....................	232 —
— 5.....................	70 —
Total.........	715 planches.

114 — Oppenort. Livre de fragments d'architectures recueillis et dessinés à Rome d'après les plus beaux monuments, par G. M. Oppenort. — Livre de différentes

consoles, agraffes. — Différents morceaux. 3 vol. in-4 oblong.

115 — Recueil de sculptures gothiques dessinées et gravées à l'eau-forte d'après les plus beaux monuments construits en France depuis le xie jusqu'au xve siècle, par Adams. *Paris, impr. de Pillet*, 1856, 2 vol. in-4, demi-rel. chagr. rouge foncé, n. rog. (192 planches.)

116 — Boucher. Recueil d'ornements et meubles. 390 planches réunies en 1 vol. in-fol., d.-rel. bas. (sans titre).
Publié en 65 cahiers.

117 — Cayer des panneaux, frises et sujets arabesques composés et gravés par Fr. M. Queverdo. 16 planches.
1er cahier, 6 planches.
2e cahier, 10 planches.

118 — Nouvelle iconologie historique, ou attributs hiéroglyphiques qui ont pour objet les quatre éléments, les quatre saisons, les quatre parties du monde et les différentes complexions de l'homme, par J. Ch. Delafosse. *Paris, chez Jacq. Fr. Chereau, graveur*, 1771, in-fol., demi-rel., bas. (108 planches.)

119 — Ornamenti diversi disegnati da G. Albertolli. *S. d.*, in-fol., d.-rel.

120 — *Arabesques.* Planches diverses. 15 planches, in-fol. demi-rel.

121 — Ornemens par Clerget. 72 planches gravées, demi-rel., v. r.

122 — Collection portative d'ornements de la renaissance recueillis et choisis par Ch. Em. Clerget, gravés sur cuivre d'après les originaux, par C. E. Clerget et madame E. George. *Paris*, 1851, in-8, demi-rel. percal., 24 planches.

123 — Percier et Fontaine. Ornements intérieurs. 72 planches gravées au trait, in-fol., dem.-rel. cart. percal. (sans titre).

124 — Ornamente aller Klassischen Kunst-Epochen von Wilhelm Zahn. *Berlin*, 1854, in-4 obl., cart. (100 planches en couleurs.)

125 — Recueil d'antiquités romaines ou voyages d'Italie, composé de 60 planches, dans lequel on trouve divers vases, autels, trepieds, arabesques et autres sujets d'après les dessins que différents artistes ont faits pendant leur séjour en Italie. *Se trouve à Paris, chez Bazan*, in-4, demi-rel.

126 — Le Iardin du Roy très-chrestien Henri IV roy de France, par P. Vallet, brodeur du roy. (*Paris*), 1608, pet. in-fol. vélin, titre font., portrait et 72 planches gravées.

127 — Le Thresor des parterres de l'univers, contenant les figures et pourtraits des plus beaux compartiments, cabanes et labyrinthe des iardinages, tant a l'allemande qu'a la francoise, descripts en latin-francois, allemand et anglois ; est distingué en trois livres par **D. Loris**. *Genève*, 1629, pet. in-4, vel.

Déchirure aux trois premiers feuillets.

128 — Vedute de' giardini. *W. Baur fecit*, pet. in-8 obl., maroquin.

13 planches. — Capricci di varie battaglie 1635, etc. — Ensemble, 57 pièces; anciennes épreuves.

129 — Villa Angiana vulgo het parc van Anguien. Front. et 16 planches dessinées et gravées par Romain de Hooge, en 1 vol. pet. in-fol., cart.

130 — Disposition générale d'un magnifique jardin tout de niveau. 49 planches gravées, in-fol., d.-rel. cart.
Gravé par Mariette. Exemplaire nou rogné.

131 — Parasacchi. Raccolta delle principali fontane della citta di Roma. 1637, in-4, vélin. 20 *planches*.

132 — Le fontane di Roma nelle piazze e luoghi publici della citta, intagliate da Falda. 3 parties en 1 vol. in-4 obl., v. ant. Fig.

133 — Neues Blumenbuch, Christ. Schmidt fecit et excudit. 1664, in-4 obl. 6 *planches*.

134 — Nieuw boek van Teekeninge, vor Juweliers, door J. D. Saint. 23 planches in-4, d.-rel.
Montures de diamants.

135 — Dictionnaire de chiffres et de lettres ornées, à l'usage de tous les artistes, contenant les vingt-quatre lettres de l'alphabet, par M. Pouget fils. *Paris*, 1667, in-4, d.-rel., maroq. brun, n. rog.

136 — Nouueau liure de chiffres, qui contient en général tous les noms et surnoms entre-lassez par alphabet, graué par Charles Manelot. *Paris*, 1680, pet. in-4, d.-rel., bas. Fig.

137 — Chiffres, cartouches, compartiments, couronnes, fleurons, bordures, armes et autres ornements à l'usage des peintres, sculpteurs, graveurs, orfevres et autres artistes. *Amsterdam, chez Louis Renard, s. d.*, in-fol., d.-rel., bas. (105 pièces gravées.)

138 — Diverse imprese, tratte da gli emblemi d'Alciato. *In Lione*, 1549, pet. in-4, v. br.
Texte encadré et jolies figures.

139 — Diverse imprese accommodate a diverse moralita,

tratte d'Alciato. *Lione, Mattias Bonhomme*, 1551, in-8, vélin, figures. (Exemplaire fatigué.)

140 — Le imprese illustri con espositioni di J. Ruscelli. *In Venetia*, 1572, in-4 vélin. *Figures d'emblèmes.*

141 — Imprese illustri di diversi, intagliate in Roma da G. Porro. *In Venetia*, 1586, 2 part. en 1 vol. in-4, cart. *Figures.*

142 — Emblemata amatoria. *S. l. n. d.*, in-8 obl. (*Titre déchiré.*)

143 — Recueil d'emblèmes, devises, médailles et figures hiéroglyphiques, au nombre de plus de douze cents, avec leurs explications, par le sieur Verrier, graveur. *A Paris, chez Claude Jombert*, 1724, pet. in-8, d.-rel., maroq.

144 — Alphabet orné (xvII° siècle). 20 planches montées, in-4 obl.

145 — Figures et fleurons de Bernard Picart, pour l'Éloge de la folie, par Erasme, et autres ouvrages. 59 pièces remontées, en 1 vol. in-fol.

146 — Figures et fleurons de Bernard Picart, pour les œuvres de Fontenelle, in-fol. (53 pièces).

147 — ŒUVRE DE WILHELM BAUR (Viennæ, 1641). Environ 500 pièces en 1 vol. in-fol.
Ces pièces sont découpées et remontées in-folio.

148 — ŒUVRE DE CHAUVEAU. 2 vol. in-fol., v.
Environ mille pièces découpées et collées sur papier in-fol.

149 — LES ARTS SOMPTUAIRES. Histoire du costume et de l'ameublement, sous la direction de Hangard-Maugé, dessins de El. Ciappori. *Paris*, 1857, 2 vol. de texte et

2 vol. de planches en couleurs. Ens., 3 vol. in-4, d.-rel., chagr. brun.

150 — Histoire artistique, industrielle et commerciale de la porcelaine, par Albert Jacquemart et Ed. Le Blant, enrichie de 26 planches gravées à l'eau-forte. *Paris, J. Techener*, 1861-62, 3 vol. pet. in-fol., br.

151 — PLVSIEVRS PIÈCES et autres ornements pour les arquebuziers et les brizures demontées et remontées. Le tout designé et gravé par Simonin. *Ce vend chez la Veuv, à l'entrée du faubourg Saint-Anthoine, à Paris,* 12 planches, in-8 obl., vél.

152 — La fidelle ouverture de l'art de serrurier, ou l'on void les principaulx preceptes, desseings et figures touchans les experiences et opérations manuelles du dict art. Ensemble, un petit traicté de diuerses trempes, le tout fait et composé par Mathurin Iousse. *A la Flèche, chez Georges Griveau*, 1627, pet. in-fol., parch.

Il manque les pages 37 à 48 et 22 figures.

153 — L'art du menuisier et du menuisier-carrossier, par M. Roubo le fils, compagnon menuisier. (*Paris,* 1769), 4 parties en 5 vol. in-fol., d.-rel., bas. (Environ 400 planches gravées.)

Incomplet.

154 — Plusieurs menuiseries, comme portaulx, garderobbes, buffets, chalits, tables, arches, selles, bancs, escabelles, rouleaux et beaucoup d'autres sortes d'ouvrages, le tout fort artistement adjencé et marqué par le fameux Paul Vredeman de Vriesse et nouvellement mis en lumière par Nicolas Janssen Virscher. *Amsterdam,* 1630, in-4 obl., cart. 20 planches.

155 — Ameublement, 180 planches lithographiées; meubles, tentures et siéges. 3 vol. in-4, cart.

156 — Manuel géométrique du tapissier, par Jules Verdellet. *Paris*, 1851, in-8 et atlas in-fol., d.-rel., chagr. viol., plats toile (60 planches).

157 — Candélabres et lustres, xviiiᵉ siècle. 24 planches, in-fol. obl.

158 — Les Arts et l'Industrie, recueil de dessins relatifs à l'art de la décoration chez tous les peuples, par Hoffmann, lithographiés par Kellerhoven. *Paris, Gide et Baudry*, 1853, in-fol. (77 planches noires et couleurs), d.-rel., mar. vert foncé.

LITTÉRATURE, GÉOGRAPHIE, HISTOIRE

159 — Teatro de los instrumentos y figuras matematicas y mecanicas compuesto por Diego Besson, dotor matematico frances. *En Leon de Francia, por Horacio Cardon*, 1602, in-fol. br. (piqûres de vers).

160 — Origine de la forme des caractères alphabétiques de toutes les nations, des clefs chinoises, des hiéroglyphes égyptiens, etc., démontrée au moyen de 34 tableaux, contenant près de 6,000 caractères autographiés, par Moreau de Dammartin. *Paris*, 1839, in-4 obl., demi-cart.

161 — Dictionnaire de la langue française, par E. Littré. *Paris, Hachette*, 1863-72. 4 vol. in-4, d.-rel., mar. noir, tr. rouges.
Reliure d'amateur.

162 — The Paradise lost of, Milton, with illustrations designed and engraved by John Martin. *London, Septimus Prowett*, 1827, 2 vol. in-4, gr. papier vélin, maroq. vert foncé, tr. dor.

163 — Contes et nouvelles en vers, par de La Fontaine. *Paris, Plassan,* 1792, 2 vol. in-8, mar. r. fil., tr. dor. (anc. rel.).

> Réimpression de l'édition des fermiers généraux.

164 — Fables nouvelles, par M. Dorat. *A la Haye, et se trouve à Paris,* 1773, pet. in-8 (front., vig. et culs-de-lampe de Marillier), d.-rel., chagr. br.

> Exemplaire complet, mais en mauvais état.

165 — Les Baisers, précédés du Mois de mai, par Dorat. *A La Haye, et se trouve à Paris,* 1770. Pet. in-8, front., fig., vign. et culs-de-lampe d'Eisen, d.-rel. chagr. brun.

167 — Les monnaies romaines, grav. par Æneas Vico. In-4, v. br. (Sans titre.)

168 — Théâtre de l'univers, par Ortélius. 1587, in-fol., mar. r., fil., tr. dor. (anc. rel.)

> Exemplaire fatigué; titre déchiré.

169 — Apian. Beschreibung des Lands Baiern (xvi° siècle). In-fol. obl. 22 planches.

170 — Histoire de France, par Henri Martin. *Paris, Furne,* 1860, 17 vol. in-8, port. gr., d.-rel. chagr. r., plats toile, tr. jasp.

171 — Mémoires du duc de Saint-Simon. *Paris, L. Hachette,* 1856-58, 20 vol. in-8, d.-rel., chagr. Lavall., plats toile, tr. jasp.

172 — Le recueil des armes de plusieurs nobles maisons
et familles, tant ecclésiastiques, princes, ducs, mar-
quis, comtes, barons, chevaliers, escuyers et autres,
selon la forme que l'on les porte de présent en ce
royaume de France. *A Paris, chez Claude Magnency*
(1633), pet. in-fol., d.-rel., bas.
> Les premiers feuillets sont raccommodés et remontés ; mouillures
> (100 planches d'armoiries).

173 — Histoire de Guillaume III, roy d'Angleterre, contenant ses actions les plus mémorables, par médailles,
inscriptions, arcs-de-triomphe et autres monuments
publics, recueillis par N. Chevalier. *Amsterdam*, 1692,
pet. in-fol., bas.
> Mouillures et taches.

174 — Geschiedenissen der vereenigde Nederlanden, door
M. Jean Le Clerc. *T'Amsterdam*, 1730, 3 vol. in-fol.
(*frontispice, portraits et culs-de-lampe de Bernard
Picart*), v. ant.

175 — Catalogue raisonné de la bibliothèque de M. J.
Goddé, peintre. *Paris, L. Potier et Defer*, 1850, in-8,
br., exempl. en gr. papier.

176 — Revue des Deux Mondes, 1858 à 1874. 16 années
reliées et en livraisons.

MANUSCRITS

177 — ARMORIAL. Manuscrit in-4 du XVIᵉ siècle, sur papier, contenant environ 500 armoiries peintes et des notes sur les marges.

> Manuscrit en français non terminé ; la première page porte les armoiries de Bourgogne.

178 — Jurisprudence arabe. In-4, reliure orientale.

> Manuscrit arabe moderne, exécuté en Afrique.

MINIATURES PERSANES

179 — ALBUM CONTENANT 19 PEINTURES PERSANES OU indiennes, et dix-huit modèles de calligraphie ou feuillets de manuscrits. La première peinture porte la date de 1145 de l'hégyre (1732). 1 vol. in-fol., rel. orientale.

180 — ALBUM CONTENANT 29 PEINTURES PERSANES OU indiennes, représentant des personnages ou des scènes d'intérieur. Quelques-unes de ces peintures sont datées : les unes sont de l'année 1045 de l'hégyre, (1635 de J.-C.), les autres de 1113 de l'hégyre (1701 de J.-C.). 1 vol. gr. in-fol., rel. orientale.

MANUSCRIT CHINOIS

181 — Description de plantes et de fleurs. Environ 60 peintures avec les explications en regard. 2 vol. in-fol.

> Peintures très-bien exécutées. Ce manuscrit date du XVIIᵉ siècle.

RED. :

17

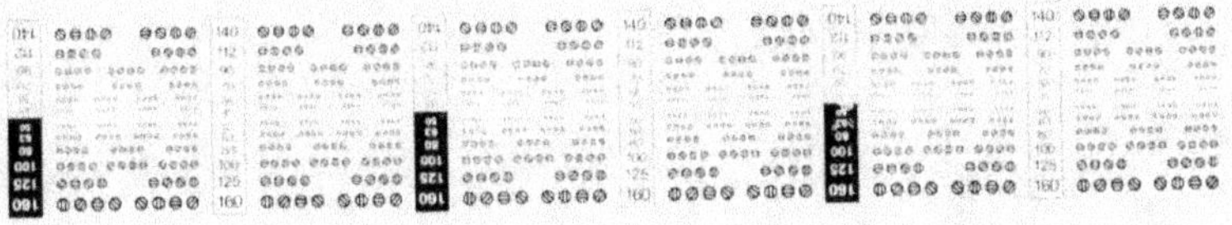

BIBLIOTHEQUE NATIONALE DE FRANCE

****

CHATEAU DE SABLE

1995

9 782329 267623